AF357900

*H*

Vente des Dimanche 26 et Lundi 27 Avril 1885

---

# CHATEAU

# D'ORMESSON

---

**M. E. GANDOUIN**, Expert

PARIS RUE LE PELETIER, 42

V<sup>e</sup> RENOU ᴇᴛ MAULDE

IMPRIMEURS DE LA COMPAGNIE DES COMMISSAIRES-PRISEURS

Rue de Rivoli, 144.

# CHATEAU D'ORMESSON

PRÈS ENGHIEN (SEINE-ET-OISE)

## CATALOGUE

DES

# OBJETS ANCIENS

## ET MODERNES

COMPRENANT

## SUPERBES TAPISSERIES

Du XVI<sup>e</sup> siècle, aux armes des ducs de Mantoue

**MOBILIER DE SALON DE STYLE LOUIS XVI EN BOIS SCULPTÉ ET DORÉ**

3 Canapés et 10 Sièges

PORCELAINES ANCIENNES DIVERSES

Plusieurs Mobiliers de salon, Meubles d'art et de curiosité

## BRONZES D'ART ET D'AMEUBLEMENT

Objets de vitrine, Objets divers

## LUSTRES, CANDÉLABRES, PENDULES

# TAPIS D'ORIENT ET AUTRES

Batterie de cuisine et Mobilier ordinaire

## TABLEAUX ANCIENS

Piano, Objets d'étagère, Objets divers

DONT LA VENTE AUX ENCHÈRES PUBLIQUES AURA LIEU

Par suite de Départ de M. ***

# AU CHATEAU D'ORMESSON

**Le Dimanche 26 Avril 1885, à 1 heure précise**

ET LE LENDEMAIN 27, A LA MÊME HEURE

Par le ministère de M<sup>e</sup> **HOSPIED**, Greffier de la Justice de Paix,
à Montmorency,

Assisté de **M. E. GANDOUIN**, Expert, rue Le Peletier, 42, à Paris,

CHEZ QUI SE DISTRIBUE LE CATALOGUE.

## EXPOSITIONS PUBLIQUES

Les Vendredi 24 et Samedi 25 Avril 1885, de midi à cinq heures.

## PARIS — 1885

## CONDITIONS DE LA VENTE

Elle sera faite au comptant.

Les Acquéreurs paieront DIX POUR CENT en sus des adjudications, applicables aux frais.

L'Expert, chargé de la Vente, se réserve la faculté de réunir ou diviser les lots.

Les Tares et Défauts omis au présent Catalogue seront annoncés à chaque mise en vente des Objets.

En cas de contestation sur une enchère, l'Objet sera immédiatement remis en vente.

L'ordre numérique du Catalogue ne sera pas suivi.

Aucun Objet n'en sera retiré avant la vente ou vendu à l'amiable.

## LE CATALOGUE SE DISTRIBUE

à AMIENS........... Chez M. LEFEVRE, antiquaire.
à ARRAS............ — M. COSSIAU, rue des Trois-Faucilles.
à BEAUVAIS........ — M. Maréchal.
à BRUXELLES ...... — M. LAMPE, Expert des Musées royaux, rue Traversière, 82.
à CAMBRAI......... — M. GUILMAIN BRACQ, antiquaire.
à DOUAI .......... — M. MAILLIEZ, rue de Valenciennes, 30.
à LIÉGE............ — M. RENARD, rue Saint-Jacques, 1.
à LILLE.... ....... — M. CARLIER, rue Esquermoise, 7.
à LONDRES ........ — MM. CHRISTIE, MANSON et WOODS, 8, King Street, Saint-James S. W.
à PARIS............ — M. E. GANDOUIN, rue Le Peletier, 42, et au *Journal des Arts*, rue Le Peletier, 47.
à ROUEN........... — M. LEFRANÇOIS, rue d'Amiens, 46.
à VALENCIENNES... — M. MAILLARD, rue Saint-Gery.

## NOTA

M. GANDOUIN, Expert, chargé de la Vente, remplira les Commissions des personnes qui ne pourraient y assister.

Il se charge de toutes expertises et rédaction de Catalogues, pour collections particulières et pour celles destinées à être vendues aux enchères, ainsi que d'estimations d'Objets d'art, pour partages de succession et autres cas.

# DÉSIGNATION

1 — Très beau Bureau, forme dite Bonheur-du-Jour, en marqueterie de bois de couleur. Les portes représentant des sujets de tourterelles et instruments de musique ; les dessus et la ceinture ornés d'oves contenant des fleurettes. Le tout sur fond vert. Très beau meuble de l'époque Louis XVI.

2 — Secrétaire de l'époque Louis XVI en marqueterie de bois de couleur, représentant sur l'abattant un trophée d'instruments de musique, deux vases garnis de fleurs, et sur les portes inférieures, ainsi que sur les côtés, des fleurs et guirlandes.

3 — Table de toilette formant demi-lune, dont la ceinture est garnie de tiroirs s'ouvrant à pivot, en marqueterie de bois de couleur, fleurs. Travail de style Louis XVI.

4 — Deux consoles demi-lune, à trois pieds richement ornés et terminés en pattes de lion reliées entre elles. Bois sculpté et doré, style Louis XVI, marbre en brèche violette.

5 — Mobilier de salon de style Louis XVI, en bois sculpté et doré, recouverts en soie rouge broché.

Comprenant :

1 Grand Canapé. Long. 2<sup>m</sup>50.
2 Canapés, plus petits. Long. 1<sup>m</sup>50.
2 Fauteuils.
2 Chaises.

6 — Mobilier de salon en bois de noyer, recouvert en brocatelle de soie jaune.

1 Canapé avec coussins.
4 Fauteuils,
6 Chaises.

7 — Table, de même style que le mobilier n° 6; dessus de marbre portor.

8 — Autre Table, plus petite, en marbre portor ; dessus mobile.

9 — Encoignure de même style.

13 — Écran, en bois sculpté gravé noirci, style Louis XVI, avec feuille en tapisserie au point.

15 — Chaise de style Louis XIII couverte en drap bleu, avec bande en tapisserie au point.

16 — Fauteuil en bois tourné noir et or, recouvert en brocatelle de soie havane.

17 — Chaise, de même travail et goût.

18 — Grande Table de style Renaissance en noyer sculpté, piétement à galerie, orné de sept colonettes cannelées.

19 — Petite Table de style Louis XIII en noyer tourné.

20 — Grand Landier vénitien du xvi* siècle, en fer forgé, avec parties mobiles.

21 — Pupitre à tablette mobile en bois tourné noirci.

23 — Meuble d'appui à deux portes vitrées en bois sculpté noirci., style Louis XVI.

25 — Grande Bibliothèque, de même. Haut. 2ᵐ25.

26 — Piano de Gaveau, boîte en palissandre, et Tabouret en bois noirci.

28 — Table à thé, style Louis XV, en bois de palissandre sculpté.

30 — Table à jeu en bois sculpté noirci, style Louis XVI.

31 — Autre Table analogue.

33 — Grande table en acajou sculpté, avec six rallonges, dont une en acajou.

34 — Dix-huit Chaises en chêne sculpté, style Louis XIV, recouvertes en tapisserie moquette bouclée, de même style.

38 — Meuble d'appui, à une porte pleine, en bois noir sculpté.

40 — Meuble à deux corps, style Louis XVI, à quatre portes vitrées.

41 — Table à jeu de trictrac, formant bureau, époque Louis XVI.

42 — Bureau japonais en laque noir et or, garni de cuivres gravés et argentés; nombreux tiroirs avec secrets.

43 — Pendule en marbre noir et bronzes, époque Louis-Philippe.

00 — Deux Candélabres de même style.

44 — Pare-Étincelles-Éventail en bronze verni.

45 — Chenets de style Louis XVI en bronze doré, modèle à vases.

46 — Galerie de foyer, style néo-grec en bronze doré.

47 — Lustre orné de cristaux.

48 — Paravent garni de papier peint.

49 — Garniture de cheminée en marbre noir et bronzes, d'après l'antique (Barbedienne).

51 — Bibliothèque en bois noirci.

53 — Très joli Secrétaire, de l'époque Louis XV, en bois d'amaranthe.

54 — Grand Chiffonnier en acajou cannelé, époque Louis XVI.

55 — Armoire normande à deux vantaux, en chêne sculpté, époque Louis XVI.

57 — Pendule en marbre vert antique.

58 — Paire de Lampes en porcelaine moderne de la Chine, et monture en bronze doré.

59 — Galerie de foyer, style rocaille, en bronze doré.

61 — Lustre en bronze verni, orné de cristaux.

62 — Petit Coffre-Fort, de Motheau.

67 — Bureau à cylindre, époque Louis XVI, en marqueterie de bois de rose et bois de couleur.

68 — Paire de Lampes, formées par quatre potiches en ancienne porcelaine du Japon, monture en bronze.

69 — Dix Chaises en acajou, dossiers ronds, de style Louis XV.

71 — Table anglaise, à volets, en acajou.

72 — Toilette en acajou, à miroir-psyché.

73 — Deux Chenets en cuivre, style Louis XIII.

76 — Toilette-Commode en acajou, dite Chemin de Fer.

77 — Table en bois tourné noirci.

78 — Petite Table de salle à manger en bois noirci, pieds cannelés.

79 — Grande Toilette en chêne, avec marbre et étagère en marbre.

81 — Deux Tables de nuit carrées en acajou.

82 — Grande Armoire en chêne à lingerie, sans fond.

83 — Table-Bureau en acajou.

84 — Commode en noyer.

85 — Lit en fer et Sommier.

86 — Table de nuit en acajou.

87 — Deux Fauteuils en acajou.

88 — Billard et ses Accessoires.

89 — Un Canapé capitonné et un Fauteuil capitonné.

91 — Bibliothèque à rayon, non vitrée.

93 — Table à pieds cannelés, noircie.

94 — Grand Meuble hollandais, époque Louis XIV, en noyer et ébène.

95 — Glace avec cadre en bois sculpté. Travail italien.

96 — Deux Bustes en faïence ancienne, à double face (les Saisons).

97 — Coffre-Banquette en chêne.

98 — Deux grands Lustres en cuivre poli, style hollandais Louis XIII (appareillés pour le gaz), à 18 lumières.

99 — Deux petits Lustres analogues aux précédents, à 5 lumières (appareillés pour le gaz).

100 — Diverses paires de Flambeaux en bronze et bronze doré.

# TABLEAUX

105 — **Martinez.** Scène de mœurs espagnoles (Cour d'un palais).

106 — **Lancret** (Attribué à). Les Baigneuses.

109 — **Mazeline** (Jehanne). Cactus en fleurs (Aquarelle).

110 — **Mazeline** (Jehanne). Cactus en fleurs (Aquarelle).

111 — **Mazeline** (Jehanne). Les Bouleaux (Aquarelle).

112 — **Mazeline** (Jehanne). Paysage (Aquarelle).

114 — **Greuze** (J.-B.). Tête de jeune femme. Baronne de Lascour (Dessin).

115 — **Raphaël** (D'après). La Vierge et l'Enfant (Aquarelle).

118 — **Inconnu.** Vues de rues en Italie (Aquarelle).

119 — **Marianecci.** Prélat en prières, d'après Fiesole (Aquarelle).

123 — **Valentin.** Le Concert.

124 — **Ribéra** (Attribué à). Suzanne surprise par les Vieillards.

125 — **Lancret.** Portrait de M. de Julienne et de sa femme. M<sup>me</sup> de Julienne, assise, chante en battant la mesure, un livre de musique ouvert appuyé sur ses genoux ; M. de Julienne, debout, l'accompagne en jouant du violoncelle.

126 — **Carré** (M.). Animaux au pâturage.

127 — **Inconnu.** Deux Pastels (fleurs).

128 — **Durand-Brager**. Port de mer.

129 — **Millet** (Francisque). Paysage.

130 — **Bourguignon**. Siège d'une ville (Combat de cavalerie).

131 — **Hauser**. Intérieur de forêt.

138 — **Giovanna**. Fleurs (Aquarelle).

139 — **Giovanna**. Paysage.

142 — **Vernet** (D'après Horace). Portrait équestre de Napoléon III.

143 — **Marceline** (Jehane). Citrons et Oranges.

148-150 — Vingt-deux Gravures encadrées, diverses, d'après Raphaël et autres.

## PORCELAINES ET FAIENCES

152 — Soupière en vieux Alcora.

154 — Réchaud en vieux Savone, daté 1752 (Fêlé).

157 — **Vienne**. Ravier, forme coquille.

158 — **Faïence anglaise**. Petit Plateau rond, avec oiseau.

159 — **Inde.** Deux Plateaux, décor polychrome.

160 — **Inde.** — Autre Plateau rond, de même décor.

163 — **Faïence espagnole.** Gourde, décor à personnages.

164 — **Vieux Rouen.** Fontaine à accrocher, sans
vasque.

165 — **Vieux Faenza.** Deux grands Vases de pharmacie,
décor polychrome

167 — **Vieux Chine.** Deux Potiches à couvercles, décor
bleu et rouge.

168 — **Vieux Pesaro.** Grande Soupière et son Surtout.

171 — **Vieux Chine.** Plat rond creux, décor bleu.

172 — **Chine.** Cache-Pot et Plateau, fabrique de Can-
ton.

175 — **Majolique moderne.** Jardinière ronde émaillée
bleu.

176 à 199 — Batterie de cuisine et Objets divers.

—

## BRONZES

200 — **Clodion.** Satyre et Bacchante.

201 — **Antique.** Nymphe de Diane, de Barbedienne.

202 — **Pigalle**. L'Amour à l'oiseau, argenté.

203 — **David d'Angers**. Bonaparte (Statuette).

205 — Lampe de style antique.

206 — **Chardigny**. Six Bustes: Molière, Racine, Shakespeare, Corneille, Boileau, Biron.

207 — Deux Aiguières, style pompéien.

---

# OBJETS DIVERS

208 à 306 — Les Tentures, Rideaux, Couvertures, Matelas, etc., etc.

307 — Deux grands Rideaux en drap vert, avec application de soie.

308 — Grands Tapis de Smyrne, de 8$^m$50 sur 5$^m$50.

309 — Tapis haute laine de Smyrne, de 5$^m$75 sur 4$^m$70.

310 — Rideau en laine grise.

311 — Tapis haute laine, de 5$^m$30 sur 4$^m$80.

312 — Deux paires de Rideaux havane, bourre de soie, molletonnés et doublés.

313 — **Tapis haute laine, de 3$^m$80 sur 3$^m$.**

314 — Paire de Rideaux, couleur havane, bourre de soie, molletonnés et doublés.

315 — Deux paires de Rideaux en velours frappé.

316 — Deux paires de Rideaux en petit drap rouge.

317 — Tapis haute laine, de 5ᵐ75 sur 4ᵐ70.

318 — Tapis haute laine, de 5ᵐ30 sur 4ᵐ80.

319 — Deux paires de Rideaux couleur havane en reps, molletonnés et doublés.

320 — Tapis de 3ᵐ80 sur 3ᵐ.

321 — Paire de Rideaux en damas de soie bleu, molletonnés et doublés.

322 — Couvre-Lit en soie brodée, travail chinois.

323 — Rideau de lit et Baldaquin en laine de couleur.

324 — Paire de Rideaux en laine de couleur.

325 — Tapis genre Smyrne.

326 — Paire de Rideaux en laine de couleur.

327 — Environ 25 mètres de Tapis haute laine.

# TAPISSERIES ANCIENNES DU XVI<sup>e</sup> SIÈCLE
# FABRIQUES LOMBARDES

328 — Grande Tapisserie à personnages héroïques, représentant Artaxercès, refusant les présents d'Alexandre.

> Au fond, une bataille avec nombreux combattants. Les bordures à fond clair sont richement ornées de figures, ornements et armoiries aux angles.
>
> Armes des Ducs de Mantoue.

L. 4<sup>m</sup>50. H. 3<sup>m</sup>30.

329 — Portière provenant d'une tapisserie de même fabrique et représentant un chef d'armée. Bordure de trois côtés.

> Armes des Ducs de Mantoue.

L. 1<sup>m</sup>. H. 3<sup>m</sup>30.

330 — Autre Portière, formant pendant à la précédente, représentant un personnage en costume de guerrier antique.

> Mêmes armoiries.

|L. 1<sup>m</sup>. H. 3<sup>m</sup>30.

331 — Grande Tapisserie de même fabrique, représentant Alexandre recevant ses courtisans, l'un d'eux lui présente une requête.

> Mêmes armoiries.

L. 2<sup>m</sup>70. H. 3<sup>m</sup>30.

332 — Portière de même fabrique, représentant un personnage amenant par les rênes un coursier.
Trois bordures.

Mêmes armoiries.

L. 2ᵐ. H. 3ᵐ30.

333 — Grande Tapisserie de même fabrique, représentant la bataille d'Arbelles.

Mêmes armoiries.

L. 4ᵐ20. H. 3ᵐ30.

334 — Autre Tapis de même fabrique, représentant une
Souveraine recevant la tête d'un roi vaincu,
qu'un guerrier lui remet dans un vase d'or.

Mêmes armoiries.

L. 4ᵐ25. H. 3ᵐ30.

335 — Deux bandes de Tapisserie d'entre-deux, provenant de même fabrique.

L. 0ᵐ50. H. 3ᵐ30.

336 — Grande Tapisserie lombarde du xviᵉ siècle (Chasse
en plaine). Nombreux personnages, bordure
alternée de sujets à personnages et gibier.

L. 4ᵐ. H. 3ᵐ30.

337 — Autre Tapisserie du xviᵉ siècle représentant un
intérieur de parc, avec personnages, pièce
d'eau et baigneuses. Bordure de figures allé-
goriques et guirlandes de feuillages.

L. 2ᵐ. H. 3ᵐ30.

Vᵛᵉ Renou et Maulde, imprimeurs de la Compagnie des Commissaires-Priseurs,
rue de Rivoli, 144.        500—56920